Froilán

y El Axolotl

Beatriz Fuentes

Froilán y El Axolotl
de Beatriz Fuentes

Libro 2
Las Aventuras de Froilán
Serie 4

Copyright © 2019 por Beatriz Fuentes Lugo

Primera edición: Junio 2019

Editorial: LEF Ediciones.
Diseño de Portada: Trixie Marty.
Ilustraciones: Marisa Herzlo.
Gráficos: Freepik.com

ISBN: 978-3-9525088-6-2

www.beatrizfuentes.com

SERIE 4

Froilán, Oscar, Toly, Olaf y Orlando se transportaban a bordo de una trajinera por un canal de Xochimilco. Los amigos habían sido invitados a la reunión anual de los parientes del faraón y se llevaría acabo en una *chinampa*[1].

---

[1] *Chinampa es una palabra proveniente del náhuatl chinamitl, seto o cerca de cañas, se trata de una balsa, de armazón hecha con troncos y varas, en ocasiones de considerables dimensiones, sobre la que se deposita tierra vegetal debidamente seleccionada con materias biodegradables como el pasto, hojarasca, cáscaras de diferentes frutas y vegetales, etc., Esta es una técnica iniciada en época de los toltecas, aunque su máximo desarrollo se consiguió en el siglo XVI. En 1519 las chinampas ocupaban casi todo el Lago de Xochimilco, este método antiguo de agricultura y expansión territorial sirvió para cultivar flores y verduras, así como para ampliar el territorio en la superficie de lagos y lagunas del Valle de México; haciendo a México-Tenochtitlan una ciudad flotante.*

Navegaban entre islas repletas de flores y verduras mientras el sol estiraba sus rayos aún somnolientos anunciando que ya había despertado, pintando el suelo de colores naranjas y dorados.

A esta hora de la mañana era la única trajinera que se desplazaba por los canales, y mientras los amigos admiraban la extraordinaria belleza de las chinampas repletas de flores y verduras, Froilán notó al costado del casco que había una estela de burbujas que reventaban en la superficie.

- Orlando, ¿tienes parientes biólogos marinos, sirenas o monstruos acuáticos?. -Preguntó el gato sin despegar la mirada de aquel misterioso rastro burbujeante.

El faraón, hoy vestido con una sábana rosada y sin estampado, meditó la respuesta durante un par de segundos dando golpecitos con la punta del dedo índice en la cabeza de la cobra de oro que sobresalía de su nemes rosado con grecas prehispánicas en el borde.

- No. Aunque podría ser algún invitado especial. Ya sabes que mi familia es vasta y que tengamos algún pariente estrafalario es muy posible. -Respondió el fantasma.

De pronto la estela de burbujas desapareció y Froilán caminó alrededor del borde de la trajinera buscando alguna señal en el agua, pero ya no hubo ninguna.

Mientras Oscar tomaba fotos, Toly se columpiaba de uno de los travesaños superiores y Olaf comía un tamal de fresa al tiempo que leía un libro de botánica en el que se mencionaban todas las especies de plantas, flores y vegetales que se producían en las chinampas.

La travesía se desarrolló sin incidentes hasta que cruzaron frente a una chinampa poblada por muñecas. Ellas no los saludaron, ni siquiera les dedicaron un guiño de sus opacos ojos, las que aún los conservaban. Aquellas muñecas lucían maltratadas como si hubieran sido abandonadas a la intemperie durante mucho tiempo. Algunas eran solo cabezas o torsos incompletos y ese ejército silencioso apiñado en la orilla de la chinampa los observaba con mucha atención.

- ¿Parientes tuyas?. -Preguntó el chango con el pelaje erizado.

- ¡No!. -Respondió tembloroso el fantasma- Tengo una familia excéntrica pero ninguno es tan tétrico. Tal vez seamos un poco fuera de lo común pero hasta ahora no hemos matado a nadie de un susto. -Replicó ofendido el faraón mientras se reajustaba la diadema.

- No se asusten, son inofensivas. Ellas están esperando a don Julián[2].

---

[2] *La Isla de las Muñecas es una chinampa de la Laguna de Teshuilo y una de las principales atracciones de los canales en Xochimilco. Las muñecas rotas y deterioradas de varios estilos y colores se encuentran por toda la isla colocadas originalmente, por el antiguo dueño de la isla, Julián Santana Barrera. Él creía que las muñecas ayudaban a ahuyentar el espíritu de una chica ahogada años atrás. El señor Santana falleció de un infarto en el mismo lugar en el año 2001.*

- Esperemos que venga pronto a verlas porque se nota que no han recibido mantenimiento. -Dijo Oscar mordiéndose las uñas.

- Eso va a ser complicado. -Replicó el remero- Él falleció hace muchos años.

Los amigos se miraron sorprendidos mientras la trajinera se alejaba de la Isla de las Muñecas.

Varios minutos después arribaron al atracadero de una chinampa repleta de gran diversidad de flores de colores, pero no había nadie ahí para recibirlos. En realidad aquello parecía desierto.

Los cinco amigos desembarcaron y caminaron varios metros adentrándose en la chinampa.

- Orlando, ¿confirmaste que asistiríamos a la reunión?. -Preguntó Froilán dudoso.

El fantasma se llevó las manos al corazón mientras se atragantaba con un grito en un clarísimo gesto melodramático.

- No dramatices. Te he preguntado porque aunque tus parientes son peculiares, de ninguna forma son groseros o descorteses. -Concluyó el gato pensativo.

De pronto una saeta rosada se disparó desde nadie sabe dónde y los esquivó a toda velocidad hasta que terminó el vuelo aferrado al cuello de Orlando.

14

- ¡Orlando!. -Chilló el fantasma vestido con una sábana rosada y con una diadema con tres cuernitos peludos color magenta a cada lado de la cabeza.

- ¿Rorus?. -Preguntó escéptico el faraón mientras palmeaba la cabeza de su primo.

El fantasma egipcio sorbió la nariz sin poder controlar las lágrimas.

- La fiesta se ha arruinado. -Dos copiosos chorros de lágrimas brotaron de sus ojos- ¡Nuestro festejado no se presentó!. -Balbuceó desconsolado.

Olaf extrajo del interior de su mochilita un pañuelo blanco muy peculiar, en una esquina tenía encaje y bordado un ramito de flores y en la esquina contraria había un monograma con dos D's entrelazadas[3] y se lo alcanzó a Rorus.

El fantasma tembloroso tomó el pañuelo y se sonó la nariz, pero no lograba controlar los sollozos. Y si no se tranquilizaba, muy pronto estrangularía a Orlando quien para entonces estaba tomando un llamativo color berenjena y tenía los ojos a punto de ser expulsados de sus órbitas.

- Rorus, por favor cuéntanos lo que ha ocurrido. -Pidió Toly intentando separar los brazos del fantasma del cuello del faraón.

El gato egipcio aflojó el agarre y Orlando se escurrió tosiendo hasta el piso.

---

[3] *Sabes, el Conde von Brunnen le regaló a Olaf una novela súper interesantísima titulada SEPIA y ese pañuelo venía de regalo con el libro. Tal vez deberías pedirle a tu mamá, papá y maestra que lea la novela para que te muestre el pañuelo.*

Olaf cerró el libro de botánica y lo guardó en su mochilita luego extrajo una quesadilla de flor de calabaza y le dio un par de mordiditas con mucho cuidado porque estaba muy caliente.

- Nuestro invitado de honor no se presentó. Tampoco recibimos ningún mensaje que nos informara de su demora o su ausencia. Nos preocupa no tener noticias de él. Sabemos que corre peligro y que solo quedan poquititos de su especie, por eso si él no ha venido a la fiesta es señal de que algo terrible ha pasado. -Y otra vez copiosas cataratas de lágrimas brotaron de sus ojos.

El gato, el chango, el oso y el perro miraron a Orlando esperando alguna explicación más detallada, pero él solo encogió los hombros y movió la cabeza de un lado a otro negando cualquier conocimiento del incidente.

- Rorus, me puedes decir ¿quién era el invitado de honor?. -Preguntó Froilán.

- ¡Axolotzin!⁴. -Replicó hipando.

- Me suena a montañés gruñón. -Intervino el faraón frotándose la barbilla.

- Axolot es uno de los parientes lejanos de la prima Metztli⁵. -Explicó Rorus apretujando el pañuelo entre sus manos.

Olaf hurgó en el interior de su mochilita y extrajo una enciclopedia, la hojeó buscando entre las páginas alguna referencia a ese invitado misterioso.

---

⁴ *En náhuatl cuando se le agrega el sufijo "Tzin" al nombre se le confiere un tratamiento reverencial y querido.*
⁵ *En la mitología Azteca, es la diosa de la luna.*

- Axolotl, nombre náhuatl del *Ambystoma mexicanum*, es una especie de anfibio caudado de la familia Ambystomatidae. Es endémico del sistema lacustre del Valle de México y ha tenido una gran influencia en la cultura mexicana. Se encuentra en peligro crítico de extinción por la contaminación de las aguas en las que vive. -Leyó y luego dio una gran mordida a una zanahoria que sostenía en la garra izquierda; después giró el libro y les mostró la imagen.

Froilán, Toly y Oscar analizaron la fotografía durante unos segundos y luego observaron a Rorus. Estaba vestido como ajolote con la sábana rosada y la diadema de cuernitos peludos en tono magenta.

- Ahora lo entiendo, se han disfrazado como el invitado de honor. -Intervino Toly divertido al ver un ajolote flotante.

- Rorus, llévanos a dónde están reunidos los invitados. Tal vez entre todos podamos solucionar este misterio. -Sugirió Froilán.

Varios minutos después llegaron a una explanada en donde se desplazaba un ejército de ajolotes voladores frenéticos de un lado a otro.

Orlando no perdió tiempo y se cambió de atuendo. Era el único con sábana y nemes rosado con una diadema de cuernitos peludos de donde sobresalía una cobra de oro con una gran sonrisa y guiñando el ojo. Bueno Thorin, el fantasma vikingo, se había rehusado a quitarse el casco con cuernos así que era el único disfrazado de ajolote vikingo.

Oscar, Olaf, Toly y Froilán se colocaron las diademas de los cuernitos peludos y se sentaron alrededor de una mesa gigantesca y los invitados se apiñaron a su alrededor.

- Parece que tenemos un problema muy serio. -Ladró Oscar llamando la atención de todos los fantasmas.

- Por la información que nos ha proporcionado Olaf, ahora sabemos que su invitado está en peligro de extinción y si no se ha presentado a la fiesta en su honor es sin duda una indicación de que algo grave ha ocurrido. Por lo tanto sugiero que vayamos a buscarlo directo a su...

Froilán no concluyó su diatriba porque fue interrumpido por un ser rosado con antenas magentas en su cabeza. Era pequeñito y de apariencia muy tierna.

- Lamento llegar tarde. Tuvimos un problema muy serio en casa, por eso he venido a disculparme porque no me podré quedar a la fiesta. -Dijo el axolotl agobiado.

Un coral "aaaaaaaaahhh" desanimado inundó la chinampa.

- Hola Axolotzin, mi nombre es Froilán y ellos son mis amigos. Orlando. -El faraón hizo una caravana con florituras acompañada de unas cuantas piruetas en el aire- Toly. -El chango sacudió la mano- Olaf.

- *Mah kualli tonalti*[6]. *Ne notoka*[7] Olaf. -Saludó el oso en lengua náhuatl sorprendiéndolos a todos.

- Y él es Oscar. -El gran danés sujetó la manita del ajolote y lo sacudió completito.

- Yo soy el *tlatoani*[8] Axolotzin.

- Sabemos de tu problema y supongo que ese inconveniente del que has hablado tiene relación con el peligro de extinción al que se enfrenta tu especie, ¿verdad?. -Advirtió Toly muy serio.

Un coral "oooooooooohhhh" evidenciado en los rostros de los invitados hizo notoria la preocupación general.

- ¡Sí!. Casi todos mis parientes han caído enfermos. -Explicó el ajolote.

Los murmullos se elevaron al grado de griterío histérico.

- Lo que ha dicho sobrepasa el nivel de grave, porque de su especie solo quedan un puñado de ejemplares. -Susurró Olaf a Froilán.

- Si ninguno de ustedes tiene inconveniente, trasladaremos la fiesta al agua. -Sugirió Froilán determinado.

Todos los invitados asintieron sacudiendo salvajemente las antenas.

---

[6] Significa *"buenos días"* en náhuatl.
[7] Significa *"me llamo"* en náhuatl.
[8] *Tlatoani* en lengua náhuatl era el nombre dado para referirse al gobernante de una ciudad. La palabra proviene del náhuatl **tlahtoāni**, que se traduce como 'el que habla', 'el orador' o 'el que manda', 'el que tiene autoridad'.

Después de una llamada urgente al científico Markus Bekloppt[9] solicitándole su ayuda inmediata, él los proveyó con trajes de buzo adaptados específicamente para cada uno de ellos. Fue muy curioso que el de Olaf no tuviera tanque de oxígeno adaptado a la espalda sino que llevaba una copia de su mochilita de neopreno, el mismo material con que estaban fabricados los trajes de buzo, y lo sorprendente era que en su interior estaba el tanque de oxígeno para Olaf y cuatro tanques de repuesto. El faraón y sus parientes no necesitarían oxígeno mientras estuvieran bajo el agua.

[9] *Froilán y El Científico. Fuentes, Beatriz. Colección Las Aventuras de Froilán. Serie 3. LEF Ediciones. Suiza-México. 2017.*

El ajolotito nadaba al frente seguido por sus parientes, Froilán, Orlando y en la retaguardia Oscar y Olaf. Se habían desplazado solo unos pocos metros cuando encontraron un cardumen de bolsas de plástico flotando en el agua, parecían medusas venenosas. Con mucho cuidado las evadieron y siguieron adelante.

Pocos minutos después se toparon con un arrecife de botellas desechables. Aquello fue un espectáculo deprimente.

Después de alejarse de la espeluznante visión de un terrorífico arrecife venenoso tuvieron que enfrentarse a un laberinto de neumáticos y muebles rotos. Debo confesarte que muchos de los invitados se extraviaron en aquel sitio espantoso.

Muchos metros más adelante, al virar a la derecha por otro canal una horda salvaje de latas de aluminio los atacó sin piedad. Nadie habría creído que una lata de refresco o conservas sería tan peligrosa cuando no se recicla como es debido y se le tira en cualquier sitio.

El pavoroso recorrido terminó en un lugar que milagrosamente se había mantenido libre de desperdicios, pero lo que ahí encontraron no fue para nada alentador.

En el fondo del canal cubierto de piedritas y plantas acuáticas, un grupo de no más de diez ajolotes se retorcían apretujándose las barrigas.

- Esto es malo. -Balbuceó el faraón haciendo pucheros.

- Hay más basura que plantas o peces en estos canales. -Sentenció Froilán.

- Los ajolotes se han visto forzados a ingerir plástico y desperdicios además de estar sometidos a toda la contaminación del agua en donde viven. Ellos son muy sensibles a todo lo que dañe su hábitat y entre otras razones igual de feas, provoca que ellos perezcan. -Explicó el oso angustiado.

- Debemos hacer algo de inmediato para ayudarlos. -Sugirió Toly muy alarmado ante la escena.

Froilán lo meditó durante un par de segundos y luego tomó la palabra.

- Orlando, ¿entre tus parientes habrá algún chamán, yerbero, médico brujo o cosa parecida?. -Le preguntó muy serio.

- Sí. -Contestó orgulloso el faraón.

- Reúnelos por favor.

El fantasma nadó entre la miríada de nadadores convocando a los elegidos, que luego se reunieron con los ajolotes enfermos y después de auscultarlos, ellos coincidieron con que los ajolotitos padecían una severa indigestión producida por la ingesta de basura acumulada en el fondo de los canales. Entonces se dieron a la tarea de preparar remedios naturales para curarlos.

Mientras los ajolotes eran atendidos, el resto de los invitados, el tlatoani Axolotzin y los cinco amigos discutían las opciones más adecuadas para mejorar las condiciones del hábitat.

- Lo primero que debemos hacer es limpiar los canales. -Advirtió el gato- Si los ajolotes siguen comiendo basura estarán enfermos hasta que sucumban.

- Sugiero que nos dividamos en grupos y que a cada uno se le asigne un canal. -Intervino Toly.

- Pero eso solo resolvería el problema por poco tiempo. Tarde o temprano estarán en las mismas condiciones sino se concientiza a todo ser que visite este sitio de la importancia de conservarlos limpios. -Indicó tajante Froilán.

- Mmmmm. Tengo una idea. -Dijo el faraón con una sonrisa traviesa adornándole el rostro- Thorin, Xia Bei Ye, Metztli y Takeru Kaneshiro, serán los miembros de mi equipo y nosotros nos encargaremos de informar a los usuarios de los canales que no los contaminen.

- De acuerdo. -Aceptó Froilán.

- Tengo un plano del los canales. -Informó el oso mientras extraía un mapa de la mochilita y lo desplegaba.

Así se formaron los grupos y se distribuyeron gigantescas bolsas hechas de red de pescar entre los miembros de los equipos.

Y dio inicio la titánica labor de ayuda. Para entonces los canales estaban atestados de trajineras repletas de paseantes y turistas.

Pero mientras unos se dedicaban a recolectar toda basura y desperdicio que encontraban en los canales, Orlando y su grupo se encargaron de una labor muy, muy particular.

- Buenos días. -Saludó el faraón a los turistas sentados alrededor de la mesa en el interior de la trajinera. Orlando se materializó en el centro de la mesa y permaneció flotando en el aire mientras giraba sobre su propio eje.

El fantasma vikingo emergió a babor cargando platos desechables sucios; el espectro chino a estribor llevaba los brazos repletos de latas de refresco vacías; la diosa mexicana por la proa sujetaba un par de cajas de pizza y el fantasma nipón en la popa llevaba un ramillete de popotes. La visión era por demás simpatiquísima porque cada uno de los espectros estaba disfrazado de ajolote pero su procedencia era más que evidente con los cascos, penacho y nemes que portaban en la cabeza, además de la diadema de cuernitos peludos.

- Supongo que por accidente han perdido estas cosas desde que zarparon del atracadero. - Dijo Orlando pensativo.

Mientras tanto los espectros colocaban sobre la mesa toda la basura ante los petrificados turistas.

34

- Sabemos que es difícil cambiar el horroroso mal hábito de tirar la basura en cualquier masa lacustre, sin embargo, esa irresponsabilidad está provocando la extinción de especies importantes para el buen funcionamiento del ecosistema. Por el bien de los ajolotes que habitan estos canales, les pedimos que tomen conciencia del gravísimo daño que la contaminación está provocando no solo en este sitio sino en todos los espacios naturales.

Los asustadísimos turistas ni siquiera respiraban y el faraón se dispuso a concluir el discurso.

- Ahora con su permiso visitaremos a los vecinos de la trajinera que se acerca porque parece que han *perdido* varias botellas de plástico. Que disfruten del paseo. -Se desvaneció dejando a los espantadísimos turistas mirándose unos a otros.

Los navegantes de la siguiente trajinera no tomaron muy bien la aparición del comando de ajolotes flotadores. Algunas personas se desmayaron y los restantes se lanzaron al agua y nadaron de regreso al atracadero.

Así el comando flotante visitó cada una de las trajineras y los puestos de comida que bordeaban el atracadero con resultados muy similares pero efectivos.

Al final del día, cuando todos los equipos regresaron a la chinampa habían recolectado una cantidad alarmante de basura y desperdicios que luego fueron reciclados en una máquina experimental que había creado el Profesor Bekloppt.

Los ajolotes se estaban recuperando favorablemente de la indigestión y entonces invitados, ajolotes y su tlatoani decidieron que la fiesta debía iniciar porque ahora sí que tenían una buena razón para celebrar.

Visita mi página en Facebook.

 Beatriz Fuentes-Oficial

Visita mi página web.

 www.beatrizfuentes.com

Sígueme en Instagram.

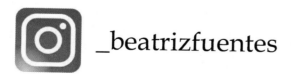 _beatrizfuentes

LEF

Ediciones
Leer es Fundamental

Made in the USA
Middletown, DE
25 August 2024

59670791R00024